TIGGY WINKLE
TWO BAD MICE
DUCK
J. FISHER
BENJAMIN BUNNY
FLOPSY BUNNIES

CLASSICO
Part of Cow & Bridge Publishing Co.
Web site : www.cafe.naver.com/sowadari
3ga-302, 6-21, 40th St., Guwolro, Namgu, Incheon, #402-848 South Korea
Telephone 0505-719-7787 Facsimile 0505-719-7788 Email sowadari@naver.com

The Tale Of
JEMIMA PUDDLE-DUCK
by Beatrix Potter

Published by Cow & Bridge Publishing Co.
First original edition published by Frederick Warne & Co. London
This recovery edition published by Cow & Bridge Publishing Co. Korea

ISBN 978-89-98046-44-6

제미마 퍼들덕 이야기

베아트릭스 포터 지음

Cow & Bridge
PUBLISHING COMPANY

랠프와 벳시에게 들려 줄
농장 이야기

아기 오리들이 암탉을 엄마인 줄 알고
따라다니는 모습을 상상해 보세요.
너무 우스울 거 같지 않나요?
오늘은 주인 아주머니가 알을 못 품게 해서
화가 난 오리 아줌마
제미마 퍼들덕 이야기를 해 줄 게요.

제미마의 사촌 레베카 퍼들덕이 말했어요.
"암탉이 내 알을 품어 주니 너무 편하구나.
스물 하고도 여덟 날 동안이나
둥지에 틀어박혀 알을 품어야 한다니
얼마나 지겹겠어. 제미마 너도 그렇지?
알을 낳거든 그냥 차가운 바닥에 내버려 둬."
하지만 제미마 퍼들덕은 말했어요.
"꽥꽥, 나는 알을 품을 거야.
내 힘으로 아기 오리를 부화시킬 거야, 꽥꽥."

그래서 제미마는 아무도 모르게
농장 구석에다 알을 낳았어요.
하지만 그럴 때마다
농장 도련님이 알을 가져가 버렸어요.
제미마는 너무너무 마음이 아팠어요.
그래서 농장 저 멀리서 알을 낳기로 했어요.

어느 화창한 봄날 오후.
제미마는 오솔길을 따라
언덕을 올라갔어요.
빨간 숄을 어깨에 두르고
파란 헝겊 모자를 쓰고
뒤뚱뒤뚱 걸어갔어요.

언덕 꼭대기에 오르자
저 멀리 숲이 보였어요.
숲은 조용하고 안전해서
알을 낳기에 딱 좋거든요.

제미마는 하늘을 날아 본 적이 없었지만
용기를 내어 비탈길을 달려 내려가
푸드덕푸드덕 날갯짓을 했어요.
그리고 펄럭펄럭 숄을 휘날리면서
공중으로 힘껏 날아올랐어요.

제미마는 멋지게 하늘을 날았어요.

훨훨 날았어요.

나무 꼭대기를 스칠 듯 말 듯 날아다니다가

숲 한가운데

높은 나무도 없고

덤불도 우거지지 않은

널찍한 곳을 발견하고는

우당탕쿵탕 내려 앉아
둥지를 틀기에 적당한 양지바른 터를 찾아서
뒤뚱뒤뚱 돌아다녔답니다.
그러다가 나무 그루터기 사이
수풀이 무성한 곳을 발견했어요.
하지만 양복을 점잖게 차려입은 신사가
그루터기에 걸터앉아 신문을 읽고 있었어요.
검고 뾰족한 귀에 옅은 갈색 수염을 기른
멋쟁이 신사였지요.
"꽥꽥."
제미마 퍼들덕은 신사에게 인사를 했어요.

신사는 신문 너머로 눈을 들어
제미마를 신기한 듯 쳐다봤어요.
그리고 이렇게 말했어요.
"길을 잃으셨나요, 부인?"
신사는 털이 북실북실한 꼬리를
살포시 깔고 앉아 있었어요.
나무 그루터기가 조금 축축했거든요.
참 예의 바르고 잘생긴 신사였어요.
그래서 제미마는 대답해 주었지요.
"길을 잃은 게 아니라
알을 낳을 곳을 찾고 있답니다."

수염 난 신사는 신문을 접어
외투 주머니에 넣고는
제미마를 위아래로 훑어보면서 말했어요.
"아, 그러시군요."
제미마는 암탉에 대한 불만을 털어놓았어요.
"우리 집 암탉이 제 알을 모두 품는 바람에
아기 오리들이 암탉을 엄마로 안다니까요."
신사는 이렇게 말했답니다.
"그 암탉 참 별꼴이군요.
자기 알이나 잘 품을 것이지."

북실북실 꼬리가 달린 신사가 계속 말했어요.
"알을 낳을 둥지라면 좋은 곳이 있습니다.
저희 집에 푹신한 깃털이 아주 많거든요.
아무도 방해하지 않을 테니
원하는 만큼 알을 낳으세요."
신사는 제미마를 우거진 수풀 사이에 있는
낡고 음산한 오두막으로 안내했어요.
"여기는 제 여름 별장입니다.
겨울에는 땅 속 굴에서 살지요."
신사가 친절하게 말했어요.

오두막 한켠에는

다 쓰러져 가는 헛간이 있었어요.

신사는 헛간 문을 열고

제미마에게 안을 보여 주었어요.

헛간에는 닭이며 꿩, 오리 깃털이 가득해서
숨이 막힐 지경이었답니다.
깃털은 푹신푹신하고 보들보들했어요.
제미마는 깃털이 너무 많아 놀랐지만
너무나 포근해서
그것이 누구의 깃털인지 의심도 하지 않고
예쁜 둥지를 만들었어요.

제미마가 밖으로 나왔을 때 수염 난 신사는
통나무 위에 앉아 신문을 읽고 있었어요.
하지만 사실은 신문 너머로
제미마를 몰래 엿보고 있었던 거예요.
제미마가 농장으로 돌아간다고 하자
신사는 서운한 표정을 지으며 말했어요.
"부인, 내일 다시 오실 때까지
제가 둥지를 지키고 있겠습니다.
저는 오리알과 아기 오리들을 좋아하거든요."
신사는 둥지를 쳐다보면서 미소를 지었어요.

제미마는 매일매일 오후가 되면

오두막으로 날아와

엷은 풀색이 도는 하얗고 커다란 알을

아홉 개나 낳았어요.

교활한 신사는 그 알들을 보면서

너무나 흐뭇해했어요.

신사는 제미마 퍼들덕이 농장으로 돌아가면

알을 살그머니 뒤집어 보기도 하고

몇 개인지 세어 보기도 했어요.

부지런한 제미마는 말했어요.
"알들이 감기에 걸리지 않게 꼼짝 않고 알을 품어야 해요. 저는 그동안 먹을 옥수수를 가져 올게요."
신사는 수염을 실룩거리면서 말했어요.
"부인, 그럴 필요 없답니다. 제가 보리쌀을 준비해 놓았어요. 알을 품기 전에 근사한 저녁을 대접하지요."
신사는 입맛을 다시더니 계속 말했어요.
"요리를 해야 하니까 농장 텃밭에서 고추랑 양파랑 미나리랑 박하를 좀 따다 주세요. 저는 고기를 준비할테니까요."

제미마 퍼들덕은 참 바보 같아요.
고추하고 양파하고 미나리하고 박하가
어디에 들어가는 양념인지도 모르나 봐요.
제미마는 농장 텃밭을 돌아다니며
고추랑 미나리랑 박하를 따기 시작했어요.
오리구이에 들어가는 양념을 말이에요!

제미마가 부엌에서 양파를 가지고 나오는데
양치기 개 켑이 말했어요.
"양파를 어디에 쓰려고 그러니?
그리고 매일 같이 어딜 가는 거야, 제미마?"
제미마는 알을 품으러 간다고 말해 주었어요.
그리고 뾰족한 귀에 옅은 갈색 수염을 기르고
북실북실한 꼬리가 달린
친절한 신사 이야기도 해 주었어요.
그러자 영리한 켑은 고개를 끄덕였어요.

켑은 신사가 사는 오두막이 어디에 있는지
자세히 물어본 다음 마을로 뛰어갔어요.
그리고 정육점집 사냥개 형제를 찾아갔어요.
"멍멍, 나를 좀 도와줄래? 멍멍."
사냥개 형제는 여우 사냥을 잘 했답니다.

화창한 오후.

제미마 퍼들덕은 오솔길을 따라
언덕을 올라갔어요.
자루에 양파랑 고추랑 미나리랑 박하가
가득 들어 있어서 조금 무거웠지만
숲 위를 훨훨 날아
북실북실 꼬리가 달린 신사가 사는
오두막 반대편에 내려앉았어요.

신사는 통나무 위에 앉아
킁킁 냄새를 맡으면서
주변을 두리번두리번 살펴보고 있었어요.
제미마가 도착하자
신사는 벌떡 일어나서 말했어요.
"알을 보고 빨리 집 안으로 들어와요.
요리 만들 재료 이리 줘요, 빨리!"
신사는 왠지 조바심을 냈어요.
이제껏 한 번도 그런 적이 없었는데 말예요.
제미마는 조금 기분이 나빴어요.

제미마가 헛간으로 들어가자
누군가 후다닥 달려오더니
새카만 코를 문틈으로 들이밀어
킁킁, 킁킁, 냄새를 맡고는
밖에서 문을 잠가 버렸어요.
제미마는 너무나 불안했어요.

잠시 후.

"으르렁으르렁, 컹컹, 멍멍, 깽깽."

밖에서 사냥개들과 콧수염 신사가

싸우는 소리가 요란하게 들려왔어요.

그리고 교활한 콧수염 신사는

멀리 숲 속으로 도망가 버렸어요.

잠시 후 양치기 개 켑이 헛간 문을 열고
제미마 퍼들덕을 꺼내 주었답니다.
하지만 가엾게도
사냥개 형제가 깃털 둥지로 달려들어
오리알을 전부 먹어 버리고 말았어요.
켑이 말릴 틈도 없이요.
양치기 개 켑은 귀를 다쳤고
사냥개들은 다리를 다쳐 절룩거렸어요.

사냥개들은 제미마를
집까지 데려다 주었어요.
오리알이 전부 없어져서
제미마는 너무나 슬펐어요.
그래서 눈물을 뚝뚝 흘리며
훌쩍훌쩍 울며
뒤뚱뒤뚱 집까지 걸어갔답니다.
훌쩍훌쩍, 뒤뚱뒤뚱, 훌쩍훌쩍, 뒤뚱뒤뚱.

얼마 후.

제미마는 또 알을 낳았어요.

자그마치 열 개나 낳았답니다.

이번에는 농장 아주머니도

알을 품도록 허락해 주었죠.

그런데 무사히 태어난 아기 오리는

네 마리뿐이었어요.

제미마는 말했어요.

"아주머니가 자꾸 귀찮게 해서 그래요."

하지만 사실은 여기저기 기웃거리느라

열심히 알을 품지 않아서랍니다.

모르는 사람을 따라가면 큰일 나요.

– 끝 –

오리지널 피터래빗 시리즈05

The Tale of Jemima Puddle-Duck
제미마 퍼들덕 이야기

1판 1쇄 2014년 12월 5일
지은이 베아트릭스 포터 **옮긴이** 김동근
발행인 김동근
발행처 소와다리
출판등록 제2011-000015호(2011년 8월 3일)
주소 인천광역시 남구 구월로 40번길 6-21번지 3가동 302호
전화 0505-719-7787
팩스 0505-719-7788
이메일 sowadari@naver.com

파본은 구입처를 통해 바꿔드립니다.

ISBN 978-89-98046-44-6